KB135536

더불어 피는 꽃

더불어 피는 꽃

주순보 시집

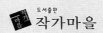
도서출판
작가마을

비말飛沫로 세상을 들끓게 하던 바이러스가 한 삼 년 행동반경을 좁혀오다가 해지가 되자, 지루하던 장마의 물 폭탄과 찜통더위가 지난여름 세상을 난타했다.

그 와중에도 거제문화예술제의 10주년 기념특집으로 3대 시인 가족 시비詩碑 거리를 조성하며 내가 시인임을, 한 우물을 오래 잘 팠었다는 것을 자인할 수 있었다. 돌아보니 1974년부터 문학이란 섬돌 위에 시화전을 하고 그에 응당 공로상까지 받았으나 여고 시절의 그 풋풋했던 감성은 메말랐을지라도 아직 꺼지지 않은 촛불로 깜박이는 나.

때때로 게으름 끝에는 천상에서 아버지가 피보다 진한 말씀의 채찍질로 나를 직립시키셨다. 그도 그럴 것이 일본 유학을 하셨던 아버지는 고향에 초등학교를 건립하시고 교가까지 작곡하신 한시를 짓는 시인이어서 여고 때부터 아버지와 시작詩作 퇴고를 함께 했었기에 부녀간의 정이 각별했다. 아버지는 나의 멘토였다. 장학 사업도 하셨고 세상의 음지에서 빛나는 존재감이었다.

거제시 문동폭포길 그 일원에 있는 양대 산맥의 유산을 두 오빠가 물려받았는데 오른쪽을 받은 둘째 오빠는 나와 그곳에서 십 년째 거제문화예술제를 열었다. 오빠는 작고하시기 전 아버지와의 약속대로 그곳에 먼저 자신의 호를 딴 거농문화예술원을 지었다. 해마다 거제시민을 위해, 더 나아가서 전 국민을 위해 무료로 예술문화를 가르치며 보급하고 사회에 환원하는, 교육자이자 종합예술가이기에 가능했던 일이다. 10년이면 강산이 변한다고 하지 않았던가?

지난 10주년 기념사업에는 3대 시인 가족의 시비詩碑거리를 조성하고자 기획한 나는 오빠에게 조르다시피 설득했다. 이미 2014년 7월에 2대 가족 시비詩碑 거리를 조성해두었기에 서둘러야 할 필요성을 느꼈다. 그때 시비 제막식에 동참하셨던 고 김용태(전 부산문협 고문. 신라대 총장) 스님은 축사에서 세계에도 유례가 없고 한국에서도 유일무이한 큰일을 해냈다고 격찬하셔서 나는 춤추는 고래가 되었다. 오빠도 80대를 육박 해가고 있었고 나 또한 언제 건강이 나빠질지 모르는 상태였으니 후대後代에게 바통 터치를 해야 한다는 생각이 지배적이었다.

다행히 질녀도 철학과 석사 출신이어서 실력이 상당했고 큰 조카도 학창 시절 대학신문에 글을 발표하는 등, 실력이 입증되어 그 후 수업을 쌓으며 등단시켰다. 공교롭게도 친정 직계 가족 9명이 시인이므로 한몫했고, 9년이 지난 올해 8월 5일(토)은 거제문화예술제의 10주년 행사에 8개 시비를 더 세워 총 16개 시비로써 3대 가족의 시비 제막식을 곁들이게 되었다.

생전에 김용태 스님께서 "주선생이 아니면 아무나 할 수 없는 일"이라고 재차 못을 박듯 응원하셨기에 각인된 생각대로 건강관리를 병행하며 일구어낸 일이라 흡족한 마음이다.

이제는 시집발간의 일이 눈에 들어온다. 늦어서 제대로 신경 못 쓸까 봐 조바심이 일어 창고에 저장해둔 시를 하나씩 꿰매 본다. 입은 비뚤어져도 밥은 먹어야 생존이 가능한 탓에 내 입맛에 맞는 음식이 아니어서 세상의 틀에 내어놓는 마음이 그저 미안할 뿐이다.

2023년 9월 주순보
주순보 시집 더불어 피는 꽃

제2부 　이맘때면 감꽃이

제3부   빈 가슴 불타오르고

제4부 거울을 보며 반추하다

더불어 피는 꽃
주순보

제1부

더불어 피는 꽃

둥근 꽃잎들, 송곳 추위 몰아내다

정월 지나 아직 봄소식도 여윈
이월에 둥근 꽃잎들 둥근 식탁에
둘러앉았다 식탁 위 조반들 눈짓에
저마다 수저질 바쁘다
위가 확장이 돼가는 시점에서
꽃이 핀다 피고 지고 피고 지고
높낮이가 음률을 결정하는
비트였다가 트로트로 장르가 바뀐다
장단 맞추던 둥근 꽃잎들 창밖의
한때 몰아치는 칼바람 소리 듣는다
정확하게 그제야 들려온다
남으로 난 들창에 둥근 꽃잎들의 수다가
햇살과 교우交友하다 겨울과 봄 사이
우수雨水가 지나며 경칩驚蟄의 문턱이
헐거워지자 둥근 꽃잎들 송곳 추위
몰아낸다 옷치장이 화려하다

봄맞이, 매향埋香

실개천 사르르 녹아 흐르고
버들개지 눈 뜨는 봄의 문턱
아직은 드센 바람이
온몸을 파고들며 저항하고 있다

고향 거제에서 먼저 불어오는 매향

오라버니 한양에서 대학 입학하더니
매실나무 서너 그루 구해왔었지
뜰 안이며 양지바른 논 언덕에 심어
62년 세월 나이테를 그리고 있다네

생전의 아버지는 향사회香司會* 벌이시고
술잔을 따르시던 그윽한 매실주
심부름하던 나는 숨기에 바빴지만
윷놀이로 폭소하며 단합 삼매에 드셨던
향사회 나의 스승님들도
극락세계 가신 지 이미 오래되었네

이제는 아버지 그 아들의 아들이

매향을 불러들이고
삼대三代의 가족애를 대물림하고 있네

* 향사회(香司會) : 아버지가 일본 유학 후 고향에 초등학교를 건립하고 초대
  교장이 되어 본교의 교사들을 규합하여 단체를 만듦(교사단체 모임의 명칭)

온몸으로 봄기운을 받들다

한 생을 살아낸다는 것은
많은 미지수 속으로 들어가는 길
아침부터 저녁까지 살아낸다는 건
가슴 뿌듯하기도 먹먹하기도 한
인생 요철을 걸어간다
내 삶의 서랍에 차곡차곡 쟁여둔
추억을 꺼내 본 그 카드에 따라
기쁘거나 슬프거나 먹먹한
함수 그래프가 그어진다

오늘 나는 벚꽃길을 걸어간다
팝콘처럼 펑펑 절정을 향해 튀다가
한 생애를 화려하게 수놓은
꽃비 맞으며 길의 속삭임을 듣는다
이제 내 길의 수식어는 어떻게 꾸며볼까
자꾸 길 위의 길을 주시해본다

돌쩌귀 어긋난 문짝이 가로놓인
그 길을 지나 돌아보니
멀리도 와있다

길 위의 길을 다시 주시해본다
볕뉘 한 줌도 기막히게 소중하던
그 길을 지나 개늑시 다가오기 전
온몸으로 봄의 기운을 받든다

제비꽃 그대

황령산을 오르다 보면
묘비도 없는 어느 무덤가
보라색 꽃 무덤도 소복하다

무슨 사연 있기에
크고 작은 무덤가에 이토록
보라 물결 굽이치고 있는 걸까

강남 갔던 제비가
돌아오는 봄날에
아지랑이 스멀스멀 피어오르고
죽음의 오작교를 절박하게 건너던
내 거친 호흡도 순해진다

십오 년째 안식의 기도문을
읊조리며 오르는데
유택의 주인은 말이 없어도 그대
제비꽃 사랑이 은근슬쩍 눈짓한다
다섯 장의 꽃잎이 시나브로 일어서서
고요한 산행길에 수런대며 위로한다

〉
앉은뱅이 내 가슴에도
보라 물결 이루고
사월의 따사로운 운기 풀어내며
봄소식 받들어 피고 지고 피고 지고

입춘立春 이후 3

왜 시는 꼬아야 제맛이 나는지
아직 서툰 영역에서 짚으로 새끼를 꼬듯
내 언어를 꼬아본다

스스로 고립된 시간에 쪼그리고 앉아
새끼를 꼬고 있다
퉤퉤 뱉어야 하는 침 대신 곁에 놓인
냉수 한 사발로 윤활유를 친다

몇 가닥의 볏짚들로 시작하여
이엉을 엮어 지붕 위에 용마루를 얹으면
새 지붕이 되어 초가집 탄생할 즈음
추수 끝난 새 볏짚으로 늦가을에 해야 할 일
이제야 끝내니 양지쪽 햇빛도 봄소식 전한다

입춘 추위에 장독대 터져도 좋은 오늘
어떤 단어에도 꽃이라 붙이면
저절로 미소가 번지듯 입춘대길이다

등산길에서

눈동자가 팽창 하는
뒷산 여울목에 앉아
산고를 치르는 봄꽃들의
아우성을 듣는다
미친 수벌들은 온통
자기영역이다
꽃차례도 없이
겨울에 진달래 피우고
늦여름 산 동백 피우더니
이산 저산 산고 끝에
붉은 피 물들인다
꽃 멀미에 어지러운 머리
미쳤다, 미치지 않고
배길 일인가
순간이동으로 철쭉꽃 꺾어
귓바퀴에 꽂은 나,

더불어 피는 꽃

단풍은 북에서 남으로
게릴라처럼 포복해오지만
꽃들은 남에서 북으로
KTX에 봄소식 실어 나른다
개나리 진달래 벗꽃 살구꽃
이산 저산 꽃차례 이어
잉태한 몸 화답하며
풀어놓는데 꽃 멀미에
상기된 상춘객들 덩달아
인생살이 꽃 피고진다

개구리에게 바다를 이야기하다

낡은 관절이 삐거덕거리는 정치판
개구리에게 바다를 이야기한다
차라리 누에고치에게
비단을 이야기하면 어떨까
구경꾼 모여 수다로 시끄럽다
삿대질도 오간다
슬그머니 뒤꽁무니 빼는 나

대장 청소를 해야겠다
이른 새벽 내 안의 내게 하는 걸레질
우선 창자 구석구석 매끈하게
길을 터야한다
약물이 소장을 거쳐 대장의
모든 찌꺼기를 걸러내니
마침내 석양에 반사된 노오란
은행잎들 촤르르 쏟아진다
아무런 걸림도 없이
춤사위 고운 나비가 된다

행복한 꽃

몇 날 며칠 내 안의 수런됨을
잠재우려고 황령산에 올랐다
운동기구 아래 네 잎 클로버
아직은 차가운 볼연지에
백지장도 맞들면 낫다고 일러준다
한 장 차이라고 대수롭지 않게
푸른 잎들 속에서 웃고 있었다
나만 찾느라 들끓었나, 갸우뚱!
네 굽이 산을 오르고 쉬는데
맨날 조이기만 했던 운동화 끈
다시 풀어보는데
빠꼼이 엿보고 있는 복수초
노오란 네 이름만큼 새봄이구나

동백꽃 무덤

사금파리 반짝이는
늦은 봄날의 햇살 너머
너는 누구를 그리도 사랑하였기에
혼절하였느냐
붉은 객혈 토해낸 그 길 끝에서
내 서러움 같으니
꽃송이 뭉텅뭉텅 절개로 바친
담장 그 아래 장송곡 불러주는 이
하나 보이지 않아도
네 아픈 치열한 생애
풀어놓은 역사가
후줄근한 핏물로 고여 있구나
비밀의 열애 한 장면
바라보고 있나니
차라리 후생엔 나비로 태어나거라

길 위의 그녀

무엇에 그리 토라졌는가
내가 가는 길 맞은편에서 쏘는
그녀의 레이저가 매섭다
우수 지나고 경칩도 지났는데
동장군보다 더 매섭다
눈물 한 방울 스며들 틈도 없다
되레 내 눈물샘을 툭툭 건드린다

맞은편에 핀 개나리
비웃듯이 저들끼리 속삭인다
길 위의 그녀가 내 뺨을
세차게 후려친다
질투하는 건가?
아무 잘못도 없는 내게
산 밑 응달을 지나 양지쪽의
제비꽃 여럿이 속삭이자
부드러운 손길로 어루만진다

내게도 그런 적 있었지
들쭉날쭉, 부드럽거나 매섭거나

한때의 응석받이 시절들
춘분을 지나며 복숭아 진달래
벚꽃 사태로 어우러질 때
꽃샘추위 보내고 봄바람
보드라운 숨결 찾아오려나
길 위의 건들대던 바람 오늘
너무 세차다

며늘아기 영조에게

나비처럼 사뿐히 날아와서 이 결혼식의 화사한 꽃으로 기쁨을 주는 며늘아기야, 참으로 이쁘구나. 아름다운 이 봄날 상큼한 미소로 다가온 너. 우리의 새 가족으로 맞이하며, 사랑하는 아들 지훈이만큼 너를 사랑한다.

가슴으로 안은 며느리는 절대 딸이 될 수 없다는 부정적 시각보다 내 배를 아파 품에 안은 딸처럼 긍정적 마인드로 너를 맞이한다. 상호 노력하여 너는 발걸음 닿는 대로 풍경화가 되고 나는 조력자로 곁에 있을 테니 허물이 있거들랑 서로 덮어주고 고부갈등은 물 건너 남의 일인 양 여기며 잘 살아가자.

며늘아기야, 인생이 그저 순탄하고 쭉 뻗은 고속도로만이 있는 게 아니란다. 인생을 흔히 등산에 비유하기도 하지. 살아가면서 준엄한 협곡에 이르러서는 아픈 고비도 있고, 힘겨움에 포기하고 싶은 날이 있을지도 몰라. 그래서 정상에 오르기 위해서는 많은 인내와 지혜가 필요하기도 하단다. 그것이 디딤돌이 되어 정상에서 찍는 화룡정점으로 큰 감동을 맛보기도 하지.
오늘처럼…….

〉

　정상에서 내려오는 길도 조심조심 주위를 살펴야 아름
다운 하산이 되듯이 두 사람이 맞잡은 손 뜨겁도록 사랑
하며 살아가기를, 부디 꿀벌이 노니는 꽃길이기를, 그리
고 결혼이라는 돛단배가 순풍 항해 되기를 기원드리며,
너희 두 사람의 결혼을 크게 축하하며 반긴다.

　거듭 사랑한데이.~

안개 7

바짝 마른 입술 위로
춘설春雪이 흩날리는
입춘立春 지난 아침의 풍경

간밤에 풀어놓은 봄 꽃잎
화사한 기억이
성에 낀 유리창을 밀어 올린다

꿈길에서 가만히 창틀 액자 안
그대로 풍경이 되어 있어도
꽃눈 뜰 날은 요원하기만 한데

찔레 가시 파고드는
가슴 아리는 시간에도
강물은 소리 없이 에돌아 흘러간다

안개 8
　　- 산방에서

낡은 계단 위로 흐르는
풍경소리 여여하다
무질서 속에 가라앉지 못한
체증의 날숨소리 탄식하는데
풍경소리 맑게 퍼진다
안개는 산방을 에워싸고
바람은 그저 스쳐 지나갈 뿐
내 안의 나만이 시계추같이
흔들리다 강물 되어 흐른다
서서히 안개가 변방으로 사라지며
뒷모습에 감춰지는 선녀의 춤사위
낯빛 깨치는 새들의 노래가
봄기운을 불러들인다

벚꽃 지는 날

어디 하동 벚꽃 십 리만
못할까나

황령산 오르는 뒷동산에
일렬로 기립하여 여명의 나팔
소리도 없이
팡팡 터뜨리던 팝콘

등산객 입술도 벙글게 하더니
미련 없이 왔다가는
선객의 자태로
홀연히 비바람 일으키며
꽃비 되어 흩날린다

전생에 너는 나비였더냐
봄바람에 휘날리는
나비 떼의 습격인데
얼굴에 가슴에 온몸까지
정표 하나, 둘 찍어놓는다

무심코 가는 너의 길은
뒤돌아보지 아니하고
남은 자만 서러워 봄날의
이별 노래 부르고 있다네

다시 오월, 이팝나무 꽃

섬 여행을 하다가 흐드러지게 핀
이팝나무꽃 가로수를 만났다

차창을 벗어나야 하는 이팝나무꽃에
자꾸 부모님 말씀이 매달려온다

1년 중 낮이 제일 긴
하지가 다가올 때면
춘궁기의 허리는 더 잘록하였다지
근육의 담금질은 또 얼마나 하였을까

이른 아침부터 일을 하고 들어온
일꾼이 숨을 고르기도 전에
고봉밥 그릇에 인정을 퍼 담고
많이 드시게나, 많이 드시게나

유년 시절 아무 뜻 없이 들었던 그 말씀

나눔 텃밭을 하며 점심을 굶고
일손을 놓지 않았던 시간들이

쌓이고서야 어렴풋 춘궁기를 헤아린다

팝콘 꽃 같기도 한
서민의 허기를 달래줄 이팝나무 꽃이
고봉 이밥의 희망이라면
내 사유의 뜰에도 허기가 달래지기를

이팝나무꽃을 볼 때마다
이팝나무꽃이 나의 손바닥 작은 실금에
주홍 글씨를 새긴다
아프다고 차마 아프다고 말 못하는
내 때늦은 후회의 5월, 아름드리 꽃

봄, 사다리가 있는 풍경

수수꽃다리 향기가 감치듯
휘몰아오는 오월도 아닌데
수수꽃다리 내음 물씬한 밤
기척 없이 떠난 KTX가
소리소문없이 상행하며
거둬간 꽃소식
남으로부터 북으로
게릴라처럼 포복해가는 봄
사다리가 풍경 속에 젖는다
초대받지 못한 꽃 잔치에
시름만 깊어 가고
마지막 열차의 경적警笛 마저
끊긴 새벽녘에서야
오월이 오는 해오름이 붉다

텃밭놀이 3
- 근황

언제부터인가
놀이터가 되었다
삶의 고비를 갈아엎으며
새순이 움트기를
아침저녁 신전에 바치는
공물처럼 두 손 부르튼 날들
움켜쥐고 내달았다
패트병 4병의 정화수
씨 뿌린 적 없는데 울타리에
참외 두 울 섹시하게 걸터앉았다
기적 같은 변수가 훌쩍
십 년 세월 앞당기고 또다시
정화수 들어 맞이하는 새날

텃밭놀이 5

사계四季 중에 축복 아닌 계절이
있겠느냐마는 봄은 그 생동감만큼
설레게 한다
텃밭 가는 길에 돋아난 벌개미취
취나물 몇 년 전 텃밭에 입양시킨
오가피 순도 따서 조물조물 무쳐낸 보약
한약이라 우기며 상큼한
봄 향을 식탁에 올린다
앞서거니 뒤서거니 수저가 경주한다
천년만년이라도 살 것인 양 천하가
부럽지 않은 표정들 보노라면
덩달아 나도 행복이 피어나는 하루
사는 것이 별 게 아니더라

텃밭놀이 6
– 간격

여나무 평의 땅이 내게
주어졌을 때
내 눈동자는 유난히 빛났다
가끔 큰언니가 씨 욕심이 많다고
한 말 귓등 너머 보내고
상추 모듬 채소 대파 호박 취나물
양파 가지 감자 고추 고구마 부추
들깨 머위 무며 와송까지 숨차게
영근 땀방울 속으로
나는 끝 없이 유영하였다

한해의 고구마 농사 실패했을 때
두 해의 상추를 솎아내기까지
너와의 간격은 적당하지 않았다
시간이 흘러 실험대 위의
몰모트가 되기도 하고
고구마 줄기를 많이 따 본
해가 있었는가 하면
하나도 따지 않은 해의 비교분석을
십오 년 차 정립하며 아하,

쾌감으로 요동치는 적당한 거리

가끔 너와 내가 맞부딪칠 때
적당한 거리를 유지해보라
서로 그리워하며 사랑도 커간다
하얀 도화지에 채워질 미래 설정은
각자의 몫에 달린 것이리니

깨달음이란, 간격이 윤활유이다

제2부

이 맘 때 면 감 꽃 이

텃밭놀이 7
– 나눔 텃밭

유난히도 더운 여름 햇살 등에 지고
너도 모르는 사이에 내가 스며들었다
양손에든 물통이 때론 힘들었지만
수십 번 발길이 밭 이랑마다 닿았다

어려웠던 시절엔 구황작물로
뱃골 든든하게 채워주었던 두리뭉실한 너
자식 둘 낳아 키웠던 정성을 다하여도
네겐 부족 하였을까
이 넓고 긴 밭이랑 두둑에 달랑 다섯 포기
고구마 순이 눈을 깜박이고 있다

오호, 목 빼며 기다릴 그녀 얼굴에는
밭이랑처럼 주름이 더 깊어지겠다
내 목울대엔 사금파리가 무시로 찔러댄다
풋과일 익어가는 시절에 눈물도 사치인가
누굴 도움 준다고 나눔 텃밭이라 명명했던가
내 세 치의 혀 부끄럽구나

텃밭놀이 11
– 두 아들에게

후두둑 후두둑 남새밭에
내려앉는 비
소갈병消渴病에 걸렸던 채소들
비로소 바로 선다
이젠 내 손에서 벗어난 아이들
부지런히 날랐던 물병들은
손 부르트도록 쌓여가고
밤새 신열을 앓았던 기억 끝
저 언저리로 밀려났다
그래, 독립이다
저들끼리 창공을 향한 날갯짓이
어설퍼도 스스로 사는 법 배워가듯
단비에 소갈증을 풀어낸다
비의 음표에 시작종이 울리고
금세 천둥 번개가 친다고 해도
스스로 하늘길로 비상할 것이다
완전 독립체의 완성을 위하여!

텃밭놀이 13
– 한 맺힌 칠 년이여

풀었다가 당기는 연줄인가
한여름 요란한 노랫가락
들으며 텃밭 길 지난다
아쟁 소리 같기도 한 네 생의
한이 울려퍼진다
땅속에서 칠 년 기다려 온 세상
짧은 한철도 못 되는 세월
원 없이 노래하네
단명을 인정하지 못해
한이라도 품었더냐
텃밭 가는 길 따라 왕매미가
한풀이를 한다
늦여름의 못다 한 노래가
절정을 이루니
소프라노 가수 청음이 구슬프다

텃밭놀이 15
– 자기애

달콤함이 그리도 유혹하더이까? 여리디여린 채소밭은 온갖 벌레란 벌레 벌 떼처럼 모였네요. 오만방자한 그들의 잔칫상입니다. 본디 입맛으론 쓴 것보다야 달콤함이 꿈결이지요. 아직 내 입맛의 달콤함도 유아기를 벗어나지 못했거든요. 달콤한 음식은 암의 먹이가 된다는데 내 유아기의 입맛이 때때로 그들을 불러들여 똬리를 틀고 나는 사선死線을 넘나들고 말았답니다.

날마다 오르내렸던 편백 나무숲 그 어딘가에 하염없이 뿌렸던 눈물은 영양액비 되어 숲은 더욱 푸르러 우거졌고 이방인이었던 나는 이젠 발병 17년 차입니다. 믿음은 없었지만 나는 용감했습니다. 이제 생각해보니 참으로 대단합니다.

겉으론 조용한 벌판이었지만 속으론 수없이 파도가 일었고 혹한의 칼바람을 맞기도 했는데 포성 속에서 하루하루 또 다른 전쟁에 맞서야 하는 한 마리 사슴이었나니, 시름은 두려움을 포개고 겨울 가면 봄이 오는 이치로 마음결 빗질하며 다스렸습니다.

달콤함이 행복만은 아님을 반목하며 지나온 길 비춰봅니다. 들뜬 마음은 지긋이 누름돌 하나

　얹어놓고 밭 가장자리에서 은은하게 향내 내뿜고 있는 제피를 땁니다. 양산에서 입양해온 내 기호품인 국산 허브입니다. 건강에도 좋은 제피를 돌확에 찧어 열무를 무칩니다. 조심하셔요. 취향에 맞은 이는 껌뻑 죽을 수도 있어요. 지난 16년간의 세월, 걸망 지고 달리던 그녀에게 이 향기를 바칩니다.

텃밭놀이 16
– 법정 가는 날

흔적을 보았고 증거를 잡았다
증거자료 확실하면
변호사 일곱보다 나은 것
내 너를 우째 벌할꼬?

단호박 여덟 포기 담을 넘더니
벌을 꼬드긴 흔적 뚜렷하다
잎사귀에 살짝 숨긴 오동통한 호박
오호, 예쁜 새끼!
텃밭 가는 내 발자국 저울질을 하네

콧노래 따라 벌들이 경쟁하는 날
호박 한 알 뚝, 떨어졌다
연이어 잎 마르고 줄기가 마르더니
모두 떠나가고 마는구나
시간 차이 두고 떠나는 여덟 포기

심증은 있는데 물증이 없어
취조하듯 날마다 호박 줄기 살폈다
오호, 요놈 봐라!

노린재 열두 마리 엎치락뒤치락
호박 밑둥치 에워싸고 있었네

그들의 만찬에서 범인 잡았다
의문은 의문을 불러들이고
오해는 오해를 낳으면서
호박 일가를 관찰했는데

이젠 재판관이 판정승 가릴 차례

텃밭놀이 17
 – 마트에 가다

원하는 것은 모두 있다
벌레 먹은 호박 벌레 먹은 케일
둥근 구멍의 우주 속에
나의 숨통을 틔워주는 시간
탈출구가 열리고 가지 고추
토마토들 내 발자국을 계산한다
장바구니는 늘 가득 찬다
이웃 텃밭 지기 구순九旬의
박 교수님네 오이와
우리 가지가 울타리를 넘는다
이조시대 풍경이다
온정이 넘치는 물물교환이다
온종일 마트에서 떠올리는 식구들
편식 없이 구미에 닿아
입 안 가득 출렁이기를
황령산 초입의 유기농 텃밭마트
날마다 푸른 상표 넘실대고 있다

맥문동꽃

뭔가 뚝딱, 복둥이 튀어나올갑소
방망이 휘두르는 저 보랏빛
맥문동꽃 좀 보시요
도깨비들 신이 났어라

은은한 향기 스멀스멀
하나보다 여럿 피어 나란히
어깨 겨루고 있어 신비롭다요
뭉쳐야 힘을 발휘하는 게
요즘 대세 아닌감요

편 가르기 정치인들
본 좀 보소 부경대학 화단에
보랏빛 물들어 얼마나 아름다운지요
지나는 과객마저 홀리고 있잖여

활짝 연 상아탑 문 지나서
백전노장의 마음도 훔쳤거늘
에세라캐세라 사랑에 빠졌는겨
저물도록 저 할배는 꽃 사진 찍느라
굽은 허리 펼 줄 모르신당가

이맘때면 감꽃이

단감나무 아래 있는
평상에 누워
하늘을 바라보면
수없이 떨어지던 꽃별

그해 아버지는
꽃별만 보시고도
작가들을 모셔놓고
시절을 노래하던
묵향이 번져온다

초여름 날씨가
화톳불 같은 날은
어머니 까칠한 여름 이불
꿰매시던 무명실
감꽃 꿰어 목에 걸며
단물 들던 시절이여

소꿉놀이하던 뒤뜰엔
지아비 줄 꽃밥 소복이

지어미 사랑이 피어나던,
이맘때면 그 추억 한 소절
바다 건너 달려온다

가뭄 끝의 세레나데

여름 가뭄이 손끝을 갈라지게 하더니 비가 온다. 막장 액션의 난타 극을 보는 듯 신나는 비의 연주. 비의 얼굴은 두 가지 상반된 성향을 지니고 있어 그 본질은 모 아니면 도이다. 심해로부터 고요의 깊이가 전해져 오기까지 심장의 요동이 쉬이 가라앉지 않는다. 며칠 동안은 사막의 뙤약볕에서 질주하던 낙타가 오아시스를 찾기까지 여전히 일곱 개의 출입구 여덟 개의 막힘이었다. 아무리 세상이 꼬여져 있다고 해도 비의 태생이, 그 본향은 바다와 연결되어 있으리라. 방금 남새밭에서 따온 상추같이 말들의 뿌리를 깨끗이 씻고 나니 꼬인 새끼줄이 매듭을 탈출한다. 오랜만에 느슨하게 허리띠를 풀고 비의 소나타에 귀를 모은다. 비는 샛강을 지나고 강을 만나 바다로 흘러간다. 드디어 심해 깊숙이 파도가 가라앉고 다시 수평선 너머 노을이 아름다운 자태로 가을 앞에 선다. 뉴스에서 침수 혹은 홍수가 났다고 야단이지만 내겐 단비다. 비의 얼굴 한 면은 빛살 좋은 해의 가면이지만 신나는 난타극의 오르가슴이다

초여름 날의 연가

1
아카시아 꽃향기에
취해버린 산
여왕벌은 보이지 않고
일벌들만 윙윙거린다
이산 저산 날갯짓에
해거름이 지는데
꿀을 따는 벌 떼만의
별천지 세상

2
연일 내리는 비가
아카시아 꽃 다 떨구었다
입하立夏 무렵 곤궁기가 지나며
대지의 젖줄로 흘러넘치는 비
일터 잃은 꿀벌들은
시나브로 하늘 쳐다본다
굴러가던 동전의 양면 같은 비가
이산 저산 초록 물 덧칠하는데
지도地圖를 바꾸는 장마전선은
더위의 갈증만큼 목을 태운다

이맘때마다
 – 건강검진

몇 날 며칠 동안
풀지 못한 매듭을 안고
밤새 씨름했다
가슴을 뚫어야 할 작은 틈은
외려 옥죄어오고
간당간당 이어지는
너와의 운명 길에
한바탕 퍼붓는 소나기
처마 밑에 잠시 피하지만
그칠 줄을 모른다
사계절이 지나가며
의문을 던진다
한번 죽어봐?
죽어야 산다는 마른 풀꽃
한 다발이 말을 건넨다

편백숲에서

　뒷산 편백숲에 흐르는 작은 계곡물에 발 담그노라면 낮술에 취한 구름이 쉬어가는 하늘정원에는 산새들 노랫소리에 산유화 더욱 붉어지고 잠시 들러 쉬어가는 구름도 조도를 방해하지 않는다 편백 궤적에 몸을 가둔다 피톤치드가 피돌기를 하도록 내 육신을 맡긴다 내가 한참이나 편백 나무가 될 때까지 허공을 응시한다 편백숲이 하트 모양을 그리며 내려보고 있다 링거병을 달고 암 병동을 누빌 때 한때의 오만했던 생각이 추락하니 대지의 군화 발자국에도 무소불위로 흔든 칼춤에도 봄은 피어나듯 외려 평온하다

편백숲에서 2

여름이 익어가는 한낮
무성한 편백숲에서 더위를 쫓는다
물가에 발 담그고 약수 한 족자 들이키면
육신의 물관을 타고 혈맥 따라 승천한다
예전엔 남자들만 목욕했다던 약수터
세월 흘러 여자들 웃음소리 메아리친다

부산 남구 황령산 편백숲 그늘 아래
몸을 누이면 폐부 깊숙이 흐르는 옹달샘
　　퐁

　　　　　　　　퐁

　　　퐁
부영양화되지 않을 내 삶의 생명수
끝없이 솟아나는 이야기 샘에 등산하던 친구도
웃으며 자지러진다

묵언에 잠긴 고요한 숲에서
어느새 스르르 눈꺼풀 내려앉으면
세상 천지간 구름 위에 두둥실 떠다니다가
번쩍, 제정신 찾아들 때

허기진 하루를 끌어안는다

물관을 타고 오른 인간 나무는 편백 나무가
부럽다 힘껏 뿜어대는 피톤치드
언제쯤 나는 어떤 나무 그늘로 서서 누구를
위무할 수 있을까
바삐 달아나는 더위의 뒷발굽에 던진 화두
숨 고르기 하듯 쉼표를 붙인다

은갈치가 출렁인다

갈치 은빛의 윤슬이 배달되었다
낱낱이 바다 들숨날숨까지
켜켜이 넣어서

섬에서 온 수신인 없는 택배 상자
그녀의 심장 푸른 바다가
출렁인다
개봉하지 않은 상자에 설렘 가득
귀 기울인다

하늘과 바다가 교배한 윤슬이
드디어 개봉되었다
잠시 넋을 놓자
할딱이던 갈치가 미끄러진다
그녀의 심장이 긴 시간 잠재우다
번쩍 정신이 들게 한다

가족이 둘러앉은 둥근 식탁
구수한 갈치구이가
사르르 녹는다

입맛을 당기니 정담은 꽃피고
푸른 바다와 눈 맞추는 내가 바로
바다 위의 윤슬이다

다시 추봉도에서

언제든 냉기가 흐르는
미움 한 줄기 차오르거든
청정해역 추봉도로 가라

둥개 둥개 어깨 맞댄 봉암리
해안마을, 사람 냄새나는
별꽃 무리 인정은
하늘을 가득 메운다

끝없이 들고나는 항구
연휴의 인파로 두어 시간쯤
기다림이야 눈부신 윤슬의
느린 미학이지

배 위에 자동차를 싣고
자동차 속에 내가 실리어
한산도 건너 추봉도로 간다

사랑도 취해가는 몽돌해변
심중을 당기는 조약돌

밀어 따라 산들바람 데불고
다시 찾은 추봉도여

언제나 따뜻하게 흐르는
고요한 마음 한줄기 차올라도
추봉도로 가라

거가대교를 지나며

고향길 가는 길은
마음부터 춤춘다
거가대교 침매터널 지나며

한국인의 긍지와 위력을 맛보는 순간
해저 48km 표지판 출현
이 자동차가 바다 깊숙이 숨겨진
용궁 나라로 입성할지
지구를 떠나 외계로 사라질지
사뭇 무한상상의 나래 펴고
미로를 헤매는데
저어기 새어 나온 환한 마중 빛
터널을 빠져나와 본 거가대교는
하프현을 뜯고 있다
천사의 나팔 소리 태초의 바람이
가던 이 발목을 잡고
느린 템포로 왈츠를 춘다
거제와 부산, 육지와 섬을 잇는
우리네 피어있는 꽃길

출발점이 언제나 그러하듯

나는 어디서 왔는가
실타래의 미궁에 빠진 새벽 3시
헝클어진 시간 속 궤적에 나를 가둔다
이윽고 새벽으로부터 벗어난 둥근 해가
창문을 두드린다
꿈나라를 환히 밀어낸다
금사金砂의 러브 액츄얼리가 하루를 당기고
서서히 나의 역사가 빗금 치며
시곗바늘도는방향에 접점을 이룬다
정오가 배꼽을 두드린다
자발적 본능이다 채워진다는 건
느슨하게 허리끈을 푸는 일이다
어머니의 자궁에 들어간다
내 출발은 거기서 비롯된 것임을
부정할 수 없다
삶과 죽음의 연결고리도 백지 한 장 차이

어머니의 제삿날에 도닥이는 그리움

가끔 필요했던 피난처

땅 가까이 태양이 구르면
가끔 피난처가 필요해요
이글대는 태양열이
사지를 비틀어댈 때마다
알라딘*에 쪼르르 달려가지요
알라딘에서 등불의 심지를 올리면
등줄기에 태양열을 식혀주는
최고의 냉방이
과거와 현재의 비밀 열쇠를
한 꾸러미 건네주지요
횡행으로 펼쳐진
과거로 돌아가는 비행선에서는
두 눈이 반짝이고
미래로 가는 돛단배에선 갸우뚱
배의 후미가 기울어요
한나절 양식과 휴식으로
태양을 차버렸어요
귀가할 땐 미소 한아름의 책 한 권
가슴에 안고 나오지요
자주 혹은 가끔 피난처가 필요하세요
그럼 알라딘으로 가보세요

* 부산 경성대 앞에 있는 헌책방 상호이름

가을을 기다리며 3

하루라도 거미의 은사슬에서 풀려날 수가 없다
저문 강의 검푸른 물살이 바다에 이르기도 전
바다의 들머리는 멀고도 험난했다
거미의 이빨로 촘촘히 집을 지은 은사銀絲에 휘감긴 채
태양은 이대로 구이를 할 속셈인지
저만치 눈썹달이 조롱하듯 달아나면
어김없이 태양을 생산하여 숭배하는 거미의 입
목이 타들어 정신을 잃어갈 때쯤
혼돈의 굴레에 바다의 들머리가 신기루처럼 나타났다
끝이 보이지 않던 탈출구에서 끝나지 않은 지평선 지나
혼신을 쏟아 바다의 부레를 잡는다
수평선을 끌어당기니 거기가 포구다
좌표도 없이 흘러 들어간 포구
밀물 때를 기다려 소금꽃을 피우며 흥청대는 항구마다
비린 지폐가 나부낀다
잠시 주춤하던 낮달이 바다로 달린다
썰물 사이로 빠져나온 영혼을 잃은 소라가
바다의 살갗을 파고든다
서서히 태양은 여름을 밀어내고 표류하던 낮의 길이가
한 발자국 줄어든다
이제 바다의 성안으로 돛을 올려보자

장생포 앞바다를 탐닉하다

거긴 귀신고래가 없었다 새롭게 단장한 귀신고래집을
미끄러지듯 들어가니 포세이돈의 후예가
바다를 가르고 나타나서 주문을 재촉한다
처음으로 지인이 대접해준 고래회 코스를 배꼽시계가
고장 나도록
먹어치웠다 혀끝의 부드럽고 달디단 육즙이 목울대에
파도 타듯 바다를 강타했다
동해를 삼킨 비릿한 내음도 없는 천상의 묘미를 순서
따라 탐닉하다가
아무런 부러움도 없이 고래박물관에 들어갔다
돈과 명예가 무슨 대수겠는가
벽 모서리를 돌 때 귀신고래가 귀신같이 튀어나올까 봐
두려웠다
붙박이로 연혁의 꼬리표만 달고 있을 뿐인 귀신고래
동해바다 속 파고까지 몰고 코너를 돌 때마다 확 덮쳐
올 것 같은 표박 된 귀신고래는
우리들 요원한 포세이돈의 신화였다
말문의 싱그러운 쪽빛 바다가 열리지 않아도 같이 간
일행들은
오, 와! 느낌표만 귀신고래를 잡을 듯하다

긴 꼬리연 점점이 사라질 때까지 잠자고 있는 고래

일어나라, 어서 갯벌을 헤쳐 오대양 육대주로 숨비소리 드높게

파도 가르며 나아가라!

열두 가지 고래고기 맛본 유인원 적 원죄가 머리를 치켜들자

붉어진 두 뺨 위로 뜨거운 후회가 흐른다

언제나 인간의 갈무리는 원초적 실마리에서부터 시작이다

갑상샘에서 침을 퍼 올릴 때는 환상적이었으나 먹히고 잡히고 또 잡혀서

끝내는 씨가 말라가는 원론의 뉘우침이 감성을 짓누른다

무차별 포획 난사하고도 동해 바닷길에서 다시 만난다면 위엄의 촉수 세운

귀신고래 등판을 한없이 응원하며 도닥여 줄 일이다

더불어 피는 꽃
주순보

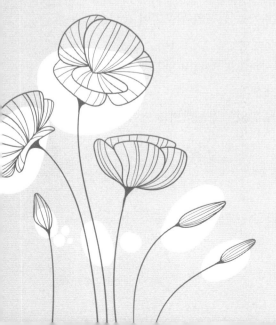

제3부

빈 가슴 불타오르고

창밖에 선 아침

대지를 녹이던 여름은 가고
아침저녁 개구쟁이 바람이
겨드랑이를 간질인다

농익은 과일보다
설익은 과일의 신선함이 전해주는
9월 초순 아침의 이 상쾌함

만월이 되지 않은 무게중심이
앞날의 희망찬 내일이다

9월 문턱을 넘으며

텃밭놀이 19
– 만추의 채전菜田에서

비도 오지 않았는데 마늘밭이 요상하다
불룩불룩 솟아올라 갈라진 흙이
길을 내고 있다
길 건너 저쪽 밭까지 영토를 확장한
필시 두더지 굴일 터

밭을 갈 때면 유기농이라 소문 듣고
지렁이들 잔치에 산 까치 떼
찾아들고 지나가던 까마귀도
덤빌 기세더니 정보 빠른 두더지는
몇 채나 지하 별궁 지었을까
맛들인 두더지들 철 따라 다른 길 내며
주인행세하고 있다

두더지의 기화로 아련한 그때의 생각이
영상으로 포개진다
가끔 친구들과 번화가를 나설 때는
그만한 명분을 달고 나간다
두더지 게임기 앞에서 신나게 방망이를
휘두른 적이 한두 번 아니다

두더지에 놀라 가슴속 멍울까지
멀리 달아나던 아련한 그 시절 생각에
웃음이 번지고 지상과 지하의 묘미에
할 말을 잃어버렸다

그래, 한 지붕 아래 동거의 맛도
다채로운 입맛일 거야

텃밭놀이 20
– 안부

세상 소식 못 듣는
섬으로 앉은 그대
누군가의 손으로 철저히
가려진 채
아무것도 볼 수 없는
바위로 앉은 그대

그대 두고 간 텃밭은
무성한 잡초로
세상의 끈 이어가고
그대의 나라 이상향인지
한번 가면 다시 올 줄 몰라
기약 없는 기다림
꿈에서조차 뒤따르던 나
손사래 치며 말리시는
어머니의 투혼이여

등줄기에 흐른 땀 흥건하게
젖어오는 새벽
시나브로 후리치는 파도 너울은

앙탈 속에 핀
눈물의 파꽃입니다
어머니 가고 없는 이 텃밭은
늦가을 진눈개비
안부 물어오지만
푸성귀도 날마다
씨앗 터는 가을입니다

텃밭놀이 21
– 탱자 빛 노을

탱자나무 울타리의 단독주택 헐리고
그 이름도 유명한 SV 아파트 대단지가 들어섰다
그곳 주택에 살던 그녀는 날로 위리안치에
시달렸던 탓일까
인생이란 롤러코스터를 타고 아파트가
들어서자 멀리도 달아났다
본디의 그녀 집 탱자 울타리 길을 걸어가다가
노랗게 잘 여문 탱자를 탐했다
더러 가시에 찔리기도 했던 날들
생각만 해도 표정부터 일그러지는 새콤함
내 텃밭을 침범해오는 영역이 모서리만큼 닳아
일조량은 적어지고 헐거워진 그 길 건너
탱자 울타리 그리움의 세월이 변모하는 까닭에
현기증 일어난다
노랗게 물들며 익어가는 탱자 빛 노을로
가던 길 멈추고 그리움에 젖는다

낙동강의 오후

만추의 강변에는
머리채 늘어뜨린 수양버들이
어머니를 부른다
멱 감으시고 정갈하게 머리 빗어
매무새 다듬던 참빗
그 그리움이 병정 되어 서있다

한가로이 흐르는 강물은
느린 음표로 손짓한다
깊은 심연에 흐르는 온화한 미소
철없이 가슴에 던진 돌이 너울지며
물결무늬 이룬다

나, 어머니 되고서야
흘러가는 강물 되어 헤아려보는 어머니
어머니의 가슴에 하고많은 투정을
쏟아부어도 샘물같이 말갛게
씻어주던 그 말씀
산 너머 아득한 그리움이
밀물져오는 늦은 오후의 낙동강

어느 가을날 3

1
태양의 무늬로 오징어를 굽는다

입추가 지나고 처서가 지나도
바싹하게 튀겨진 여름이
여름 진미를 낸다
마지막 발악을 하듯 오글거리며
타들어간다
바싹바싹 씹히다 고소함을 빼앗긴
질긴 오징어가 목구멍으로 넘어갈지
음식 쓰레기통에 던져질지
갑질 당하던 을이 잠시 고민에 빠진다
연일 온도계 끝을 달구는 기온에
줄기 끊어진 뒤웅박 같은 날들

2
웬 적들의 움직임이 포착된 걸까
먹물 뿜는 날이 많아진다
구름 위에다 먹물을 뿜는 날은
소나기와 행진곡을 벌인다

한바탕 발바닥 부르튼 춤사위가
정적 속으로 사라지면
소낙비는 물방울 따라 강으로 흘러
바다로 갈 꿈을 꾼다

어느 가을날
뒤웅박을 떠난 오징어
거짓말처럼 바다를 만났다

이 세상에 처음 온 나의 천사여

황금벌판 알곡 여물어가는
시월 어느 날 꿈같이 찾아온 천사여
새벽닭이 홰를 치며 첫 탄생을 알리고
우리는 습관처럼 두 손을 모았지
코로나가 길을 막아 점점이 긴 날
그리움 달래며 열흘 지나 명패 들고
처음 만나보았네
솜털 가득한 얼굴로 눈 맞춤하며
잘 놀던 천사의 이름은 가은이었지
창밖의 세상이 떠들썩하도록
이 할미 웃음소리 고막을 흔들었네
이 세상에 처음 온 나의 천사여
곱고 맑은 그 눈동자로 자라면서
세상의 예쁜 모습만 눈에 담으시고
세상의 곱고 따뜻한 말씨들만
귀에 담으시게나
작은 바람에 흔들리지 아니하는
한 그루 사철나무와 같이
사철 푸르게 성장하기를 꽃 중의 꽃,
아름다운 미소꽃 아이로 티 없이 자라나기를

할머니가 진정으로 응원하며 기도한다네
내 어여쁜 천사, 가은아!

일본인 아가씨 쿠미

큰아들의 인연으로 만난
일본인 아가씨 쿠미
5년 전의 첫인상은 하얀 도화지였지
작은 글씨로 설명을 덧붙인
선물꾸러미마다 쿠미의 예쁜
정성과 섬세함을 보았지
귀여운 얼굴에 걸맞은 행동은
무한미래를 엿보게 했단다
대마도를 다녀오며 덕혜옹주의
슬픈 생애를 그렸는데
일본인, 그중에서도 아리따운 아가씨가
오욕의 과거를 지우며
화해의 바다를 오가고 있구나
2003년 2박 3일 후쿠오카 시인대회에
초대되었을 때 초청자의 정성 가득한
레드카펫을 이미 걸었었지
3개월째에 다시 추석에 찾아오는 쿠미
가까운 이웃이란 인연설의 실타래
가득 풀어놓겠네

건들바람이

건들바람이 단풍을 색칠한다
설익은 단풍이 저항해도
이미 붉은색 덧칠은 시작된다
단풍 꽃을 피우는 거다

느린 미학을 부정한다
방향감각을 잊고 새치가 센머리로
굳어가는 세월을 역주행하듯
세월은 거스를 수 없지만
견뎌보는 것

작은 잎새가 떨리는 기척에도
곧추서는 두 귀
어디를 가야 할까 잠시 망설이는 사이
내 나이 돼봐야 안다던 아랫집
할머니가 성큼 내 앞에 서있다

내 나이에 세월이 덧칠해지고 마는

빈 가슴 불타오르고

치솟은 빌딩 숲 위로
황령산은 불타고 있다
바람의 부재로 잠시 주춤하더니
산등성은 온통 열화의 분화구
소화기를 든 사람들은
망설임 없이 몸을 던지고
아우성은 하늘을 찌른다

가을이 불타고 있다

담장 너머 얼굴을 내밀고 있는
수줍은 색시도 가슴을 열었다
알알이 맺혀있는 그리움을 안고
마침내 터트린다
석류 알 터지는 오후에
촉촉한 가슴 위로 빛나는 보석
가을은 온갖 보석들의 잔치로
눈이 부시다

나도 가을 속에 뛰어든다

이윽고 빈 가슴이 뜨거워지는
이 풍성함

아프지만 이별해야 한다면

소담스레 산국화 피어 있는
산그늘 따라 아침이슬 깨치고
들어서는 그녀의 유택
이젠 그만 이별하는 법을
배워야 하네
인간의 생명에도 유통기한이
있을까마는, 하늬바람에 그녀는 막
발효하던 생이었다네
배롱나무에 걸린 춘풍이나
만조에 춤추는 윤슬도
한때의 아름다움은 미련일까
조금 더 일찍 세상 밖으로 간
그녀를 이제, 이제는 보내야 하네
짧거나 긴 숙성의 시간을
잰다는 것은 남은 자가 해야 할 일
잘 가세나, 아우야!
낡아서 헤진 내 운동화의 목숨처럼
한순간 지나간 아픔도
돌아보니 행복이었네
짓누르는 바윗돌이 심중에 남아

벗어나지 못하는 무게중심에서
널 보내는 발길이 차마 떨어지지 않아도
뒤돌아서 잰걸음으로 떠나갈 것이네

부디 안녕,

강남 갔던 제비는

강남 갔던 제비가 겨울에 돌아왔네
설아 어머니의 구둣발 위로 미끄럼 타고
나르더니
곡식 창고 뒤주가 헐거워진 저녁나절
과일 차 나팔 소리 비웃고 있었다네

석삼년 꿀벌처럼 바삐 노니다가
설아 어머니 정분을 핑계 삼아
집문서도 날아가고 그해 가을
설아 어머니는 무지개다리 건너셨네

무심한 하늘 구름은 속절없이 흘러가고
바람은 장독대에 왔다가 휑하니 사라지고
거미줄에 걸린 잠자리는 은사에 돌돌 묶인 채
빈집 처마 안을 기웃대다 가는 햇살
그마저도 달랑 한 개 남은 감나무 홍시에
까치만 바삐 정적을 쪼고 있었네.

가을이 전하는 말

그래, 발바닥 손바닥이 짓무르도록
초록물 뚝뚝 떨어지더니
이제 단풍 들었구나
그 푸른 시절 힘들다힘들다 말 못하고
산등성이 집까지 비탈길 오르내릴 때
바다로만 내지르던 물고기좌 그녀
꼬리만 힘껏 끌며 줄다리기하다가
꺼이꺼이 목이 쉬었네
한 시절 요란하게 보내더니
뭇사람 머리에 갈대꽃 피울 때
너는 용케도 단풍물 들어 오가는 이
발길에 단풍 연정 보내느니
단풍잎마다 뙤약볕 폭염주의보가
새겨져 있어도 시나브로 나부끼는
깃발이 되어
추정秋情의 협곡까지 길잡이로 섰구나

틈, 정적

시혼詩魂이 내려지는 새벽 3시. 낮의 소리를 먹어 치운 정적이 무섭게 달려든다. 배고픈 이리떼. 머리맡에 놓인 냉수 한 컵이 와해를 시킨다. 귀뚜라미 소리도 잠재운 새벽 3시. 구차한 시혼詩魂을 보듬고 달래며 해 뜨기 전의 신데렐라를 꿈꾼다. 먼동이 터온다. 그러나 껍데기만 남은 알집을 버리지 못한다. 가을인데 알곡을 거두지 못해 새벽 3시의 농사는 망쳤다. 껍데기에 지나지 않은 정적이 내려준 하늘의 선물. 천수답은 이미 구식이다. 밤새 품어도 부화 되지 못한 알의 속성을 저버리고 실낱같은 미래의 청사진을 다시 그린다. 혼불을 당겼던 질긴 외로움을 엿가락처럼 늘이면서.

표정 없이 표정을 지으며

소슬바람에 옷깃을 세우고
대낮 같은 밤거리 걷는다
마네킹의 옷차림새가 시폰은
이미 사치다
가벼운 어깨 위에 한 겹
덧옷의 무게가 실리고
한 철을 앞서가는 몸짓이
우직한 자태다
무거우면 왜 무겁다고 말을 못 해
대신 뱉어낸 내 말의 품새가 머쓱하다
어느새 내 어깨에 전이돼
무게감에 휘청인다
네온 불빛은 내 무표정을 흔들지 마라
나의 주변에도 그런 부부들 많아
익숙해진 각방살이 쇼윈도부부 같은
무늬만 화려한 우리들 사이 같은
세상의 틀에 갇힐 필욘 없잖니

환절기 7

날이 새도록 추적이던 밤비 가을 이별 겨울 마중에 신이 났다. 방문을 두드리던 귀뚜라미 소리 아직은 해맑은 낯빛인데 저만치 나무를 흔들고 흔들며 다가오는 휘모리장단. 무지개를 세우려다 사라진 반갑잖은 추임새가 다시 귀를 열게 한다. 제 몸 살라 붉은 피 토해내던 단풍은 기진하여 쓰러지고 변방으로 떠돌던 영혼도 길 하나 내지 못한다. 쿨럭쿨럭 37도 6부의 체온이 먼저 반응한다. 이 길 저 길로도 선택하지 못한 채 어정쩡한 내 안의 길 잠시 흐르는 강물에 고요를 적신다. 마침내 노란 은행잎이 춤추며 날아와 나비 문양 찍는다. 이내 추사의 세한도歲寒圖가 강물 위로 흐른다.

가을옷을 벗는다

가을의 나뭇잎마다
빨주노초 사계四季의 숨결이
고스란히 스며든 여백에는

여러 날 뒤척임에도
갈등의 색채까지 표현되지 못한
언어들끼리 뒤엉켜
멍울이 되었을까

단풍꽃 피어 무대를 누볐다가
떠나가는 관객들 배웅하듯
아쉬운 속마음 남겨둔 추억이
하나, 둘
파르르 떨며 하강한다

화려했던 기억들은
춘몽에 지는 꽃잎 되어
새날의 기약에 윤회의 발돋움에
소리 없이 왔다가는 선객같이
고운 옷을 벗는다

더불어 피는 꽃
주순보

제4부

거울을 보며 반추하다

어머니의 뜨락

 – 내 고향 거제도에는

먼 데서부터 쉴 새 없이
출렁이다 다가온 파도
눈부신 윤슬의
아침이 오면
햇살부터 춤추던 그곳
삶의 이유였던 아이들이
하나둘
늦가을 철새처럼
떠나버린 텅 빈 집
스산한 바람이
볼을 스치운다
마음부터 시려오는
입동 오후의 풍경
바닷물에 떠 있는 섬 하나

어머니 그림자만 맴돌고 있네

거울을 보며 반추하다

저물녘 어스름에
낮게 깔린 해무가 시야를 좁힌다

해안선을 지나 지하철
환승역에서 주춤거리는 할머니
누구 하나 부축하지 않은
휘어진 등뼈 사이로
시린 바람이 쿨럭인다
혹한酷寒의 외로움에 길들여진
구부정한 모습

기억의 저편에서
갈 길을 잃은 할머니
따뜻한 국밥 한 그릇 사드려야지
망설이는 동안 낯선 시선이 몰리자
끝내 경찰을 부르고 만다

내 어머니를 고려장 치른 듯이
무거운 발걸음에 뒤채이다가
나의 미래가 되비치는 거울이 되어

속죄의 눈물 닦고 또 닦으며
오늘 하루의 세월을 꿰매고 있다

텃밭놀이 23
- 늦가을에 취하는 사색

찬 서리와 미련을 버리지 못한 단풍끼리
줄다리기하는 환절기
가을 내내 불타던 단풍은 제 소임을 다하고
마늘밭에 낙엽으로 흩날려 소복하다

자작나무 도토리나무 상수리나무 밤나무가
그 뒷배경이다
겨울 예비에 아무도 초대하지 않았던 그들
자연에 배양된 자양분이 되고 끝내
흙으로 돌아 가지만 그 뜨거웠던 여름은
이야기하지 않는다

문득 나는 마늘밭의 방관자가 되어
사색에 잠긴다
마늘의 이불이 된다는 사실
내가 해야 할 일 모두를 담당한 낙엽들은
일생을 아름답게 마무리하니
자연에 도취 된 나는 텃밭에서 내 가야 할 길
다시 설정하고 있다

텃밭놀이 24
 ― 그대 이름이 무엇이뇨

자세히 보아야 안다
너의 이름이 무엇인지 더 자세히
보아야 어여쁘다
초겨울 펜촉처럼 세상 문을 연 너는
나와의 인연으로 태어난 시금치란
이름이다 동장군과 맞서야 할,

실내 자전거

오래전 작은아들이 자동차로
실내 자전거를 싣고 왔다

이불 세탁 빨랫대 하지 말고
자주 운동하이소
그래, 날 좋은 날은 등산하고
비 오는 날엔 자주 탈게

거실 한 귀퉁이서 아들이
힐끔힐끔 쳐다본다
뜨끔하지만 이불 널어놓기에도
안성맞춤이다
어느새 아들의 부탁이 말씨가 되어
비가 오는데 이불 빨래 널고 있다

문득 그 감시자가 나의 등을
떠밀 때는 페달을 밟는다
기분 좋은 아들이 가속도를 붙인다
행복 실은 자전거가 방향을 잃어도
흥건한 땀 속에 아들 얼굴 꽃피고
나는 파안대소로 화답한다

우리 손녀 가은이

아침잠에서 깨면 먼저 옹알이로
자신의 기상 존재를 알린다
울지 않고 옹알이로 방긋 쌩긋
이제 겨우 5개월 천사가
무한행복 짓고 있다

보고 또 보고 또 보아도 보고 싶은
달덩이 같은 첫 손녀
중천에 뜬 달이 구름 속에 숨어들면
마법에 걸린 할배할매 시름이 깊어진다

영상통화마저 하루 몇 번씩 해도
마음에 차지 않아 손녀 만나보는 날짜
손꼽아 기다리는 손녀 바보들
하루하루 상사병相思病은 깊어 가는데
마법을 풀 수 있는 사람 오직
손녀, 가은이뿐!

흰 눈도 경계를 허물지 못한다

눈꽃 핀 산이 경계를
허물어버리지 못한다
밤새 내린 흰 눈이 세상의 모든 것
다 덮어 흰 도화지인 줄 알았더니
경계가 뚜렷하다 눈이 산을 겹치고
덮고 겹치고 겹쳐서 그린 산수화
우리나라 최북단의 DMZ 전방은
차광필치로 그려진 자연의 수묵화가
나그네의 혼을 빼앗아 간다
송지호 건너에선 바다가 유혹한다
고요가 깃든 설원의 평행선
이념의 경계를 허물어버리지 못한
북녘의 끝없는 길 훤히 들추어본다
동족의 상흔을 어루만지며
나는 물끄러미 북녘을 바라만 볼 뿐

DMZ에 와서

이렇게 멋진 열두 자 병풍을
언제 또 보았더냐
북으로 뻗은 강물은
말없이 흐르는데
너와 나의 언 가슴
언제 풀어지겠다냐
DMZ에 와서 내 슬픈 마음
가눌 길이 없구나

장생포 앞바다를 탐닉하다

 거긴 귀신고래가 없었다 새롭게 단장한 귀신고래집을
 미끄러지듯 들어가니 포세이돈의 후예가
 바다를 가르고 나타나서 주문을 재촉한다
 처음으로 지인이 대접해준 고래회 코스를 배꼽시계가
고장 나도록
 먹어치웠다 혀끝의 부드럽고 달디단 육즙이 목울대에
파도 타듯 바다를 강타했다
 동해를 삼킨 비릿한 내음도 없는 천상의 묘미를 순서
따라 탐닉하다가
 아무런 부러움도 없이 고래박물관에 들어갔다
 돈과 명예가 무슨 대수겠는가
 벽 모서리를 돌 때 귀신고래가 귀신같이 튀어나올까 봐
두려웠다
 붙박이로 연혁의 꼬리표만 달고 있을 뿐인 귀신고래
 동해바다 속 파고까지 몰고 코너를 돌 때마다 확 덮쳐
올 것 같은 표박 된 귀신고래는
 우리들 요원한 포세이돈의 신화였다
 말문의 싱그러운 쪽빛 바다가 열리지 않아도 같이 간
일행들은
 오, 와! 느낌표만 귀신고래를 잡을 듯하다

긴 꼬리연 점점이 사라질 때까지 잠자고 있는 고래

일어나라, 어서 갯벌을 헤쳐 오대양 육대주로 숨비소리 드높게

파도 가르며 나아가라!

열두 가지 고래고기 맛본 유인원 적 원죄가 머리를 치켜들자

붉어진 두 뺨 위로 뜨거운 후회가 흐른다

언제나 인간의 갈무리는 원초적 실마리에서부터 시작이다

갑상샘에서 침을 퍼 올릴 때는 환상적이었으나 먹히고 잡히고 또 잡혀서

끝내는 씨가 말라가는 원론의 뉘우침이 감성을 짓누른다

무차별 포획 난사하고도 동해 바닷길에서 다시 만난다면 위엄의 촉수 세운

귀신고래 등판을 한없이 응원하며 도닥여 줄 일이다

편백숲에서 3

나는 오늘도 편백숲에 오른다. 누군가에겐 이 길이, 이 향기가 막연히 좋은 공기겠지만 내겐 그저 생生인 것이다. 살기 위해 이 길을 오른다. 암 환자가 고통의 삶이라도 살고 싶은 것. 독한 항암 주사를 맞아 털이란 털은 모두 빠지고 머릿속을 만지면 물컹물컹 푹 꺼져있기도 하고, 발등이 부어올라 푸석푸석해도 나는 아프지 않았다.

아픔을 못 느꼈을 것인가? 이미 혈관은 푹 꺼져 숨어버리고 주사바늘은 늘 여러 곳을 뒤지며 숨바꼭질했다. 죽음의 목전에서 살아보겠다고 발버둥 치며 견딜 수 있으면 한계까지 가보는 것.

목욕탕에서 때가 많이 나오는 사람이 제일 부러웠다. 그즈음 나는 깨끗함보다는 때가 부러운 대상이었다. 세포가 분열되지 않아서 때가 없다는 사실을 깨닫기까지 7년 세월. 편백숲은 언제나 아름드리 넓은 품으로 나를 안아주었다. 편백이란 이름으로 태어나면서부터 이 푸른 잎은 하루도 죽지 않고 하늘로 뻗어 직진하는 것.

너를 닮고 싶은 나는 이제야 큰 희망을 품어본다. 이 쌉싸름한 맛, 가슴을 뻥 뚫어주는 알싸한 향기. 내 편이 되어 한없이 도닥여주던 너의 길을 나 따라 함께 걸어가리

니, 다시 꽃다운 청춘으로 회생한 나는 올해 비로소 18
세 소녀이다.

어느 노인의 뒷모습

흐르는 것은 강이 아니고
물이듯이
지나가는 것은 시간이 아니고
우리듯이
화무십일홍이라 했던가
서산마루에 걸린 노을이
아름답지만
어찌지 못하는 세월의 애틋함
막다른 길을 향해가는
저 노인 발걸음아, 보폭을
줄이시라, 줄이시라
아름다운 저 노을 속 미묘함
흠씬 취해보도록
흐르는 것은
다만 강이 아니고 물이외다

냄비뚜껑의 추억 소환

바닥으로 떨어진 유리냄비 뚜껑
퍽, 외마디 소리에 쏟아져 흩어진다
갈색의 설탕과자 부스러기다
어릴 때 쪽자로 만들어 먹던 달고나
똥과자가 눈앞에서 스멀거린다
신기한 달고나를 집어들었다
붉은 피가 흐른다 유리 파편임을
인지하고도 추억의 미로를 헤맨다
달고나가 골목길 대장을 따라
모여든 꼬마를 유혹한다
홍열이 남석이 갑수의 얼굴도 보인다
그 사이 끼어든 순옥이 윤숙이 선자의
함박웃음도 들린다
차암 꿈같았던 고향 뒷골목이
유혹하다 사라진다
아, 아, 아얏! 허상과 현실의 부딪힘

매몰되어가는 내 기억의 창이여

유인원보다는 필시 다람쥐가 조상이다. 한번 사용한 비닐을 깨끗이 씻어 저장하기도 한다. 무엇이든 저장하는 습성을 버리지 못한 채 스스로 반문한다. 얼마나 오래 살 것인가? 내일 지구의 종말이 온다고 해도 오늘 사과나무를 심을 것인가? 나이 듦에 따라 모두가 버리고 비운다는데 여기저기 빨랫줄에 널린 비닐봉지가 바람에 나부낀다. 보이지 않은 곳곳에도 저장해둔다. 버리지 못하는 습성 중에는 그만한 이유가 붙어 있긴 하다. 잘 썩지 않으니 후세를 위한 변명이다. 두세 번씩은 재활용한다. 내 결혼반지와 목걸이와도 숨바꼭질을 즐긴다, 매일매일 필요한 물건을 찾을라치면 어디에다 두었는지 기억장치가 풀리지 않는다. 어쩌다가 나사 모형의 조임에 결박당한 기억장치. 느슨하게 풀어질 조짐이면 얼굴이 먼저 알고 연분홍빛 화색이 돈다. 일확천금도 아닌 것을 켜켜이 쌓아두었던 내 역사의 증류수는 어디에서 맛볼까? 바람도 잠이 들고 잔기침 쿨럭이던 겨울이 강을 건넌다. 혹한의 추위에도 역사를 이루는 러시아 본고장 마트료시카 목각인형이 큰 것에서 작은 것의 차례대로 양파를 깐다. 눈이 맵싸하다. 가족의 숫자만큼 기억이 통통 튀어나오면 좋으련만, 어쩌다 기억상실증에 걸려있던 유년의 모습이 되살아나는 순간은 종일 맑음이다. 그런 날의 식탁에는 그윽하게 풍기는 바실라스 균의 한국 향이 입맛을 당긴다. 얼마나 진화하며 다시 변해갈까? 뚝배기 된장이 구수함을 지닌 내 유년을 이끈다. 오래된 기억의 창부터 깨끗이 닦아볼 일이다. 윤이 나도록 반들거리는 하루를 일으켜 세우며 세심하게 닦아볼 일이다.

우렁각시

  – 은언니에게

우린 자랄 때는 많이 토닥거렸지
네 살 터울인 작은언니는 시시콜콜
내 사물함을 뒤졌고
나는 늘 비밀이란 정원을 갖고 있었지

정장을 좋아하는 반듯함의 소유자와
튀는 맛을 즐겨하는
나와의 거리가 좁혀지지 않아
때때로 마찰음이 생기곤 했잖아
명분은 간단했어

초등학교를 건립하고
교가 작곡까지 하셨던
아버지의 체면을 살리는 거
학교장의 교육 자녀가 갖춰야 하는
덕목 같은 거
그러나 나는 정장보단 캐주얼이
활동성 있어 편했거든

세월이 흘러 한시 시인인 아버지의

DNA 따라 나는 시인이 되었고
언니는 교회 목사의 부인이 되었지
나, 사시사철 글 나부랭이를 끼고
살게 될 줄은 여고 때부터 정해져 있었어
그때 이미 시화전 공로상과
백일장 장원을 받았었거든

윈드우먼 아가씨!
누군가 나를 부르는 소리에 뒤돌아보면
딴청 부리다 들키고 만 골목길 숨은 그림자
긴 머리 휘날리며 캔톤 빅스톤 청바지 자락
롱부츠에 집어넣고 다닐 때는
울화통 터진 작은언니
외출에서 돌아온 내게 여자 깡패 같다며
쓴소리 닦달에 목이 쉬었지
보다 못한 둘째 오라버니
"그러지 마라. 그 아는 걸레를 걸쳐놔도
어울리는 아다"
교육자였던 오라버니도 종합예술가여서
엇비슷한 눈높이였었던 거지

＞
세월의 더께가 쌓이면서
나는 중환자가 되었고 병원에는
그림자로 따라다니다가 필요 이상
애정을 부린 쪽은 작은언니였어
강산이 바뀌는 동안 무수히
날라다 준 건강 보조 밑반찬들
꿀벌이 주는 달콤함을 받아먹기만 하는
나는 무엇인가
외출했다 돌아오면 현관에 경비실에
선물 한가득 실어놓곤 흔적 없이 사라져
처음엔 우렁각시 찾느라 애를 먹었지

오늘도 벨은 울리는데 화면엔 사람 모습
뜨지 않아 무서웠거든
누구냐는 말에 대답 없는 현관
잠시 적막이 흐르고 떨리는 마음으로
돋보기 경에 눈을 갖다 대었지
전투 자세로 빠꼼이 문을 열어보니
선물 봉지 세 개가 눈인사를 하잖아

이 추운 날 따뜻한 차라도 마시고 가면
두 가슴이 더 따뜻해질 텐데

산비알에 있는 우리 집까지 시장
캐리어로 끌어다 놓고 지하철로 되돌아가다가
전화를 건 쪽은 작은언니였어
또 내가 졌다!
택시비 주려다가 실랑이가 있은 후
방법을 바꾼 작은언니의 사랑
그래. 나 잘 먹고 더욱 튼튼해질게
눈물 나게 고마운 우렁각시여!

섬과 뭍의 이음새

– 추억 소환

나이 계산이 은근슬쩍 드러나는 70년대 초 거제에서 부산으로 가는 통영대교가 있었으나 지난한 시간을 요구했던 버스 시간. 한 달에 두어 번 가는 반공일은 참으로 설레었다. 학생이라 당연히 교복 차림새로 오가던 그 시절 추억 소환에 얼굴부터 붉어진다.

가끔은 충무동 부두나 또 가끔은 중앙동 부두의 배 시간 맞춰 앵돌아진 입술이 씰룩거리게도 뛰었다. 시간이 늦으면 기다려주지 않던 카페리호가 야속한 시위를 당기면 애꿎게 놓쳐버린 시간으로 발을 동동 구르기도 몇 해던가.

운 좋게 거제도 가는 배를 타고 선실 위의 2층으로 바삐 올라 일등석 자리잡는 날은 객선이 지나는 바닷길을 눈어림으로 재본다. 부 ~ 웅 – 뱃고동 소리가 바다 밑으로 가라앉을 즈음 배는 영도다리를 관통한다.

무한한 바다 생물들 신비롭게 흩어지고 망망대해를 가르는 바닷길이 익숙해지고 아주 가끔은 선실에서 선배나 동창을 만나 회포를 풀기도 하고 갈매기를 따라 바다 풍경에 매료되어 월례회 날 시험 보던 골머리도 잊게 된다.

〉

　가족과의 하루치 행복도 거기까지, 일요일 오후에는 부산으로 갈 채비에 바리바리 무언가를 싸는 모정의 손길은 재빠르다. 시골의 버스가 시간을 지키지 않은 날이면 옥포 부두에서 장승포 부두로 발바닥 땀띠 나게 뛰었지만 무정하게 이별가를 부르며 뱃머리를 돌리던 카페리호. 망설일 틈도 없이 곧장 터미널로 달려 직행버스에 오른다. 통영대교를 건너 고성과 마산 김해와 부산까지 가는 시간이 그땐 왜 그리도 더디던고? 지금은 거가대교의 지름길로 격세지감에 다시 놀란다.

　정작 월요 시험시간에는 네 시간 정도 걸린 직행버스에서 외우며 공부했던 것들은 행방이 묘연하니 온통 머리가 하얗고 망쳐버린 시험은 두말할 나위 없다.
　세월 지나 최고속의 획기적인 발전으로 바닷물도 춤을 춘다. 침매터널과 바다 수심 지하 48m 거가대교가 달나라 가는 길 부럽지 않게 한다.

　그러나 70년대 그 추억들은 바닷길 따라 반세기를 건너오고 있다.

일기 9
– 창

  2004년 기억이 희미해진 친구 집을 찾아 골목을 여민다 저 안쪽 첫 집인지 다음 골목인지 뇌 속 컴퓨터는 고장이 난지 이미 오래 밤하늘 수많은 별들의 미로에서 빛나는 북두칠성을 따라간 골목 그런데 아하, "→ 막창"이라고 적힌 글이 길의 끝을 알려준다 막장과 막창이 헷갈리는 순간이다

  오늘 또 ㅇ 시장이 막창을 향해 가다가 별이 되어 떠나갔다 정작 떠났어야 할 구둣발 드센 ㅈ 대통령은 시퍼런 칼날로 서 있고 ㅈ 회장은 사각 유리 틈새로 새가 되어 날아갔다 내 삶의 저변에도 막창은 전염병처럼 돌아다녔다

  미식가인 그이가 양정 ㅁ에 막창 먹으러 가자고 하였다 어디에서도 맛보지 못한 일품요리 집이라고 봄바람처럼 꼬드겼다 만월 같은 배를 만지작거리며 못 이긴 척 ㅁ에 따라 들어갔다 구린내가 나지 않은 구수한 맛의 막창과 한 잔의 소주가 내 삶의 막창에 혈기를 불어넣는다

  성공했던 이도 언젠가 막창 시절이 있었으리라 어쩌면 한없이 추락했던 막창 시절이 있었을 지도– 막창은 추락의 날개를 곱씹으면 구수한 삶의 묘미도 있을 것이다 세상은 산수 등식으로만 정답을 찾지 않는다 나는 오늘

도 여러 기호 속의 미로를 찾아 나선다 막장과 막창의 혼
돈속에서

어머니의 비망록

눈물샘에서 길어 올린 어린나무
떡잎부터 눈물로 딸을 키웠다
그루터기에서 여린 가지
애지중지 일궜건만
다 피우지도 못한 어린 꽃나무
날개 돋친 흉흉한 소문으로
어디서부터 온 바이러스인가
타들어 가는 어미 가슴 알기나
하는 것인지 하늘도 운다
연일 비가 내려 허물어진 가슴
쓸어내린다
꽃 피우지도 못한 어린 딸은 끝내
거친 호흡 몰아쉬다 꽃잎 떨군다

아버지의 제사 5

겨울이 깊어지면 봄이 온다고
대한大寒 이후 화병에 꽂은 애기동백꽃
새벽달 뜰 때까지 漢詩 퇴고를 하시던
아버지의 짧고 깊은 말씀이
머언 새벽 바다 출항하는 고깃배의
집어등처럼 밝아온다
한 개비 타다만 꽁초 같은 생각이
밀물져 파도치다 침잠해지면
사루는 향불 타고 오시는 아버지
애기동백에게 따스한 고언 몇 마디
뿌려두고 황급히 떠나신다
개구리가 펄쩍펄쩍 무논을 향해
뜀박질하는 봄이 아직은 요원한데
젖은 가슴 위로 출렁이는 파도 소리에
어부들의 손길이 바빠지는 새벽녘
구성진 노랫가락에 맞춰 어부들
노동요가 겨울을 밀어내고 있다

법산 큰스님 추모시

학계에, 문단에, 종교계의 큰 별이신 법산 스님께서 열반하셨다는 비보는 마른하늘 날벼락이었습니다. 부처님의 가르침과 진리를 설법하시는 큰 스승이라 따르며 의지했던 지난날들. 밀물져오는 춘풍이나 만조에 출렁이는 윤슬 같은 덕담들이 아직도 귀에 쟁쟁합니다. 삶의 길잡이에 등댓불 같았던 법산 큰스님.

거제문화예술제에 참석하시겠다고 흔쾌히 보내주신 축사로 팜플렛과 초대장이 나왔는데, 이제 며칠 후면 환한 모습으로 뵈리라 기다렸었는데, 어찌 한마디 예고도 없이 떠나셨나이까? 제가 하는 일이라면 언제나 제 편에 서서 응원하며 격려하셨는데, 믿어지지 않은 애통한 가슴 위로 눈물이 밤새 빗물 되어 흐릅니다.

한없이 그윽한 자비심의 발로로, 그 정감이 어린 목소리를 이젠 어디서 들어야 하나요?

정녕 보내드려야 한다면 법산 큰스님, 이젠 사바세계 내려놓고 편히 가시옵소서.

"이 책에 나의 역사가 다 들어있다."고 말씀하셨던 『무애실 문학춘추』를 두고두고 읽으며 스님 뵈옵는 것으로 위안 삼겠습니다.

"나이 든 사람은 죽을 때 잠자듯이 가야한다."며 평소

설법하셨던 대로 속계를 떠나셨지만 반갑게 선대를 이어 도솔천에 이르옵소서.

산안개가 눈물을 닦아주며 홀연히 사라집니다. 부디 극락왕생 하옵시길 기원드립니다.

더불어 피는 꽃
주순보

시집 해설

청정지역에서의
행복을 꿈꾸는 욕망

임종찬
(시인, 문학평론가)

청정지역에서의 행복을 꿈꾸는 욕망

임종찬(부산대 명예교수)

I

사람들은 음식을 오래 보관하기 위해 냉장고를 이용한다. 성구聖句의 해석이 보다 정확한 상태로 오래 변질됨이 없이 후세에 전해질 것을 염원해서 유명한 학자들의 현명한 해석에 기대어 이를 중시하려 한다. 그러나 음식이 오래 냉장고 안에 저장되면 결국은 상하듯이 학자들이 아무리 단단한 해석을 했다 해도 성구 해석을 달리하는 주장들이 등장하게 된다. 성구 해석 때문에 종교 분파가 생겼고 앞으로도 생길 전망은 여전히 남아 있다.

이렇게 보면 성구의 기호 해석은 영원히 개방상태, 미해결의 상태로 두어야 하고 둘 수밖에 없는 것이다. 냉동보관물처럼 해석을 동결시켜 성구를 얼음으로 고착시키면 성구 자체를 모독하는 처사가 된다. 시 해석 역시 미해결의 상태에서 언제나 새로운 해석을 기다리는 기대치로 남아 있는 것이다.

시의 평자評者는 시인보다 더 시인이고 싶어서 시인이 말하지 않은 부분까지 파고드는 버릇이 있다. 시인이 말을 머뭇거린 그 시점에서 시의 평자는 발언을 시작하는 존재라 해도 좋다. 그렇기 때문에 이 글은 한 평자가 독자들에게 객관적 인식에 호소하는 주관적 해석임이 전제 되어 있다.

II

시인은 그 나름의 꿈과 세계를 작품화한다. 그들의 세계는 그들만의 진실이 있음을 확인하는 사람들이 시인이고, 그런 발언이 시이다. 시의 발언은 옳고 그름의 법적 근거를 초월하고, 찬성과 반대를 요구하지 않는다. 시인은 다만 자기 도식대로 사물을 보고 다른 사람이 보지 못한 숨은 의미를 캐는 광부라 할 수 있다.

하이데거는 『예술작품의 근원』에서 '해석학적 순환'이란 말을 했다. 한 본문의 이해를 전체와 관련하여 이해하는 개념, 즉 전체 본문과 개별본문은 서로서로 연관 지어 해석해야 한다는 것이다. 모든 실존 경험 안에서 예술은 예술 속의 사건이든 창작자 자신의 체험이든 이것들은 당시의 상황화된 현실성을 안고 있기 때문에 이것을 인지하여 통합된 전체를 파악하여야 한다. 시는 시인과 분리되지 않는 통합체라는 의미까지를 포함해서 하이데거는 말했다고 본다.

언제든 냉기가 흐르는

미움 한 줄기 차오르거든

청정해역 추봉도로 가라

둥개 둥개 어깨 맞댄 봉암리

해안마을, 사람 냄새 나는

별꽃 무리 인정은

하늘을 가득 메운다

— 「다시 추봉도에서」 일부

눈에 꼽히는 단어 하나를 가린다면 '청정해역'이란 단어
일 것이다. '별꽃 무리 인정'이란 말도 의미 있게 해석할
일이다. 주순보 시인은 시어 자체가 순수 지향적이다. 주
시인의 인격이 마치 민무늬토기를 닮아서인지 몰라도 때
묻지 않은 순수의 '별꽃'들이 그의 시의 대종을 이룬다면
지나친 말일까.

열두 가지 고래고기 맛본 유인원 쩍 원죄가 머리를
치켜들자

붉어진 두 뺨 위로 뜨거운 후회가 흐른다

언제나 인간의 갈무리는 원초적 실마리에서부터 시
작이다

갑상 샘에서 침을 퍼 올릴 때는 환상적이었으나 먹
히고 잡히고 또 잡혀서

끝내는 씨가 말라가는 원론의 뉘우침이 감성을 짓
누른다
무차별 포획 난사하고도 동해 바닷길에서 다시 만
난다면 위엄의 촉수 세운
귀신고래 등판을 한없이 응원하며 도닥여 줄 일이
다.

– 「장생포 앞바다를 탐닉하다」 일부

'원론의 뉘우침이 감성을 짓누른다'는 무슨 뜻일까. 인
간 역사의 시작이 유인원 쩍이고 그때부터 원죄를 짊어지
고 사는 현대인들에게 바다는 원시 그대로의 자연임에도
인간은 애초 가졌던 원시성을 놓친 것은 분명하다. 이 점
이 애석하다는 시 아닌가. 이것이 '원론의 뉘우침'으로 '감
성을 짓누른다'고 고백하고 있는 것 아닌가. 인간이 놓친
살아 있는 순수세계의 지향, 이 점은 아래 시에서도 확인
된다.

하늘과 바다가 교배한 윤슬이
드디어 개봉되었다
잠시 넋을 놓자
할딱이던 갈치가 미끄러진다
그녀의 심장이 긴 시간 잠재우다
번쩍 정신이 들게 한다

– 「은 갈치가 출렁인다」 일부

주 시인의 시 속에는 바다가 자주 등장한다. 왜일까. 그의 고향은 거제도이고 거기서 유년을 보낸 보배로운 이력이 주 시인에게는 있다. 이 값진 이력이 그의 시에서 바다를 그리고 오염으로부터 멀어진 거제도 유년시절의 그리움이 시 속에 살아 있다고 보인다. 이 점이 주 시인의 시에서 확실하게 드러난다는 말이다.

산업화와 도시화의 추세에 억압당한 현실 앞에 인간과 자연이 분리되지 않았던 시절을 향수하면서 고향을 찾아나서는 그의 심경은 그 고향이 다름 아닌 자신만의 삶의 오아시스이기 때문이다. 비록 도시 문화에 묻혀 이것이 애초 설정했던 자신의 행복을 밀어냈지만 현대인의 삶이 그러해야 한다는 당위를 받아들일 수밖에 없다고 해도 고향의 버려진 공터가 새삼 주 시인 가슴 언저리에서는 살고 있다. 유년기 쩍의 행복이 그의 시에서 소생하고 있는 것처럼 보인다는 말이 더 정확할지 모른다.

Ⅲ

인간에게는 고귀한 영혼들이 즐겁게 유희하는 놀이마당과 그 마당에 참여하고 싶은 욕망이 있다. 인간살이의 지친 영육을 편히 쉬게 할 무공해의 섬을 찾아 나서고 싶은 욕망의 주인공이 주 시인이라는 말이다.

스스로 쌓아올린 부의 부피와 명예, 이것들을 누리고 싶은 욕망에서 벗어나고 싶어 하는 주 시인의 시가 그래서 주목 받는다고 할 수 있다. 현실은 언제나 이성보다 편견, 자유보다는 부자유가 칡넝쿨이 되어 나를 감싸고 있음을 알고 이 넝쿨을 걷어내어 누구보다 넉넉한 사유와 자유 속에 살고 싶은 마음의 주인공이 주순보 시인이라는 말이다.

> 본디의 그녀 집 탱자 울타리 길을 걸어가다가
> 노랗게 잘 여문 탱자를 탐했다
> 더러 가시에 찔리기도 했던 날들
> 생각만 해도 표정부터 일그러지는 새콤함
> 내 텃밭을 침범해오는 영역이 모서리만큼 닳아
> 일조량은 적어지고 헐거워진 그 길 건너
> 탱자 울타리 그리움의 세월이 변모하는 까닭에
> 현기증 일어난다
> 노랗게 물들며 익어가는 탱자 빛 노을로
> 가던 길 멈추고 그리움에 젖는다
>
> — 「텃밭놀이 21」 일부

> 그대 두고간 텃밭은
> 무성한 잡초로
> 세상의 끈 이어가고
> 그대의 나라 이상향인지
> 한번 가면 다시 올 줄 몰라

기약 없는 기다림

꿈에서조차 뒤따르던 나

손사래 치며 말리시는

어머니의 투혼

- 「텃밭놀이 20」 일부

인간의 공통적 약점은 악덕과 그 악덕을 추종하는 아첨꾼들, 그들의 수사력修辭力 앞에 함몰하고 마는 오류, 이것을 알기야 하지만 뿌리칠 용기, 또는 좋은 게 좋다는 자기 합리화, 이것도 아니면 자칫 손해당할 우려를 염려해서 자기를 기만하여 현명한 처사를 가장하는 침묵이 일반화된 사회 속에 우리들은 살고 있다. 여기에 저항을 망설이고 오히려 둔갑한 자신을 발견할 때의 인간으로서의 비겁함을 스스로 목도할 때가 있다. 이럴 때 우리들은 때 묻지 않은 과거를 불러낸다. 주 시인은 탈출의 방법으로 어머니를 소환하는 길을 택했다.

주 시인은 어머니가 두고 간 텃밭에서 자연 그대로의 삶의 진실을 가꾸고자 욕심내는 욕심쟁이다. 이것이 구속 없는 그만의 자유영역이고 사유 공간임을 확인하게 하는 시집이 이 시집임을 확인하면서 읽기를 권한다.

Ⅳ

막스 베버는 프로테스탄트적 세계관에 따라 추구되어

온 것이 자본주의라 하였다. 자본주의의 논리는 경제와 화폐의 질량에 따라 세상 질서가 잡히고 행복마저 여기에 기초하는 것처럼 인식된다. 그러나 주 시인은 여기에 반발하여 삶의 순간이 의미롭지 않고 남루에 거처한다 해도 거기에 기쁨과 행복의 원천이 있다는 주장, 사소한 데서 큰 행복을 느끼고 초라함 속에서도 넉넉함을 느끼는 행복감, 이것을 진실한 행복이라고 고집하는 시인이다. 주 순보 시인은 그런 사람임을 그의 시를 통해 확인하게 된다.

낙원은 어디에 있는가. 낙원을 볼 줄 아는 시력의 소유자에게만 낙원은 스스로 모습을 드러낸다고 믿는 시인은 자연의 중요성과 자연을 닮은 인간 냄새를 풍기는 이웃들과 가족들 사이에서 찾고자 한다.

거제도엔 자연전설로 엮인 산, 고개, 바위 등이 많다. 마고할미, 폐왕성, 산방산 옥굴, 능포 상사바위, 빈대절터, 가지매 노다리, 공알바위 등이다. 여기에 섬의 탄생과 연관된 설화 역시 많다. 산달섬, 조라섬, 뱀쥐섬, 삼형제섬, 범벅성 등, 여기에 더하여 인간애의 전설인 지심도 사랑이야기, 윤돌섬 전설이 아직 살아있는 섬이 거제도이다.

전설과 설화의 밑바탕에는 인간애가 깔려 있고, 자연을 숭상하고 하늘을 두려워하는 천심이 깔려 있다. 주 시인은 이러한 천심의 세계를 동경하는 눈치다. 주 시인의 시에는 이런 전설과 설화가 녹아서 스며들어 시를 이루고 있다. 하늘의 뜻에 순종하는 원칙주의자가 주순보 시인이다.

나는 어디서 왔는가

실타래의 미궁에 빠진 새벽 3시

헝클어진 시간 속 궤적에 나를 가둔다

이윽고 새벽으로부터 벗어난 둥근 해가

창문을 두드린다

     −중략−

어머니의 제삿날에 도닥이는 그리움

−「출발시점이 언제나 그러하듯」 일부

눈물샘에서 길어 올린 어린 나무

떡잎부터 눈물로 딸을 키웠다

그루터기에서 여린 가지

     − 중략−

연일 비가 내려 허물어진 가슴

쓸어내린다

−「어머니의 비망록」 일부

겨울이 깊어지면 봄이 온다고

대한大寒 이후 화병에 꽂은 애기 동백꽃

새벽달 뜰 때까지 한시漢詩 퇴고를 하시던

아버지의 짧고 깊은 말씀이

머언 새벽 바다 출항하는 고깃배의

집어등처럼 밝아온다

　전설의 밑바탕에 흔하게 깔려 있는 것은 육친적인 사랑이다. 이미 전설이 되어버린 부모님을 모시는 제삿날에 주 시인은 그만의 전설과 설화 속에 갇혀서 몰래 과거를 꺼내는 장면을 보여주는 시들이다. 세상에서 가장 크고 아름다운 사랑은 부모님의 사랑 아니겠는가. 이것의 극단을 나타내는 것이 심청 설화이고 이것의 소설화가 심청전 아닌가. 예사롭지 않게 성장한 딸 주순보는 아버지 어머니의 전설 속에 자신이 안겨 있음을 확인하는 순간이 제삿날임을 확인하고 있다.

　주 시인은 여기서 더 나아가 이번에는 손녀의 탄생으로 연결되는 새로운 전설 만들기 설화 짓기를 시도한다.

　　　　황금벌판 알곡 여물어가는
　　　　시월 어느 날 꿈같이 찾아온 천사여
　　　　새벽닭이 홰를 치며 첫 탄생을 알리고
　　　　우리는 습관처럼 두 손을 모았지
　　　　　　　　　－「세상에 처음 온 나의 천사여」 일부

　　　　침잠에서 깨면 먼저 옹알이로
　　　　자신의 기상 존재를 알린다
　　　　울지 않고 옹알이로 방긋 쌩긋
　　　　이제 겨우 5개월 천사가

무한 행복 짓고 있다

- 「우리 손녀 가은이」 일부

　부모가 만들었던 전설과 설화는 자신의 창작물로 대물림하였다가　이제는 주 시인 자신이 손녀의 탄생 설화 혹은 이것으로 전해질 전설을 시로 만들고 있다.

　자본주의 사회에서의 개인이 추구하는 행복은 물질이 수반된 안락으로 인식되기 쉽다. 그러나 주 시인은 이러한 범속한 현실을 거절하거나 아니면 이것을 신비로운 놀이로 상징화해서 바라본다.

　손녀와 함께하는 순간은 천사와의 통정하는 시간으로 간주하면서 더 없는 행복한 순간, 진실로 행복의 근원이 이런 데 있음을 주 시인은 우리에게 확인시켜 주는 것 같다.

　이상, 주순보 시인의 시 세계를 살펴보았다. 한 마디로 말하자면 주 시인은 전인미답의 원시림 속을 걷고 싶은 심정의 소유자다. 여기에 한 발자국 다르게 과거 고향 섬에서 부모님과 더불어 텃밭을 가꾸던 무공해 공간 속을 산책하면서 독자들의 동참을 권유한다.

　전설을 그리워 하며 새로운 전설의 탄생에 희열하면서 현재대로의 삶을 승격시켜 청정지역으로 삶의 터전을 꾸미려는 정화의 발걸음 소리가 그의 시에서는 크게 들린다.

더불어 피는 꽃

© 2023 주순보

초판인쇄 | 2023년 9월 25일
초판발행 | 2023년 9월 30일

지 은 이 | 주순보
펴 낸 이 | 배재경
펴 낸 곳 | 도서출판 작가마을
등   록 | 제 2002-000012호
주   소 | 부산광역시 중구 대청로 141번길 15-1 대륙빌딩 301호
　　　　　 서울시 도봉구 도당로 82(방학1동, 방학사진관 3층)
　　　　　 T. 051)248-4145, 2598   F. 051)248-0723   E. seepoet@hanmail.net

ISBN 979-11-5606-232-5   03810   정가 10,000원

※ 본 도서는 2023년 부산광역시, 부산문화재단 '부산문화예술지원사업'으로 지원을 받았습니다.